Queridos amigos y amigas roedores, os presento a

LOS PREHISTORRATONES

¡AVENTURAS DE BIGOTES EN LA EDAD DE PIEDRA!

¡Bienvenidos a la Edad de Piedra...
en el mundo de los Prehistorratones!

CAPITAL: **Petrópolis**

HABITANTES: NI DEMASIADOS, NI DEMASIADO POCOS... (¡AÚN NO EXISTEN LAS MATEMÁTICAS!). QUEDAN EXCLUIDOS LOS DINOSAURIOS, LOS TIGRES DE DIENTES DE SABLE (ÉSTOS SIEMPRE SON DEMASIADOS) Y LOS OSOS DE LAS CAVERNAS (¡NADIE SE HA ATREVIDO JAMÁS A CONTARLOS!).

PLATO TÍPICO: CALDO PRIMORDIAL.

FIESTA NACIONAL: EL DÍA DEL *GRAN BZOT*, EN EL QUE SE CONMEMORA EL DESCUBRIMIENTO DEL FUEGO. DURANTE ESTA FESTIVIDAD TODOS LOS ROEDORES INTERCAMBIAN REGALOS.

BEBIDA NACIONAL: RATFIR, QUE CONSISTE EN LECHE CUAJADA DE MAMUT, ZUMO DE LIMÓN, UNA PIZCA DE SAL Y AGUA.

CLIMA: **IMPREDECIBLE**, CON FRECUENTES LLUVIAS DE METEORITOS.

caldo primordial

RATFIR

MONEDA

LAS **conchezuelas** CONCHAS DE TODO TIPO, VARIEDAD Y FORMA.

UNIDADES DE MEDIDA

LA **cola** CON SUS SUBMÚLTIPLOS: MEDIA COLA, CUARTO DE COLA. ES UNA UNIDAD DE MEDICIÓN BASADA EN LA COLA DEL JEFE DEL POBLADO. EN CASO DE DISCUSIONES SE CONVOCA AL JEFE Y SE LE PIDE QUE PRESTE SU COLA PARA COMPROBAR LAS MEDIDAS.

LOS PREHISTORRATONES

GERONIMO

Trampita

Tea

Benjamín

Pandora

Metomentodo

abuela Torcuata

PETRÓPOLIS
(Isla de los Ratones)

RADIO CHISMOSA

CAVERNA DE LA MEMORIA

EL ECO DE LA PIEDRA

CASA DE TRAMPITA

TABERNA DEL DIENTE CARIADO

PEÑASCO DE LA LIBERTAD

RÍO RATONIO

CABAÑA DE UMPF UMPF

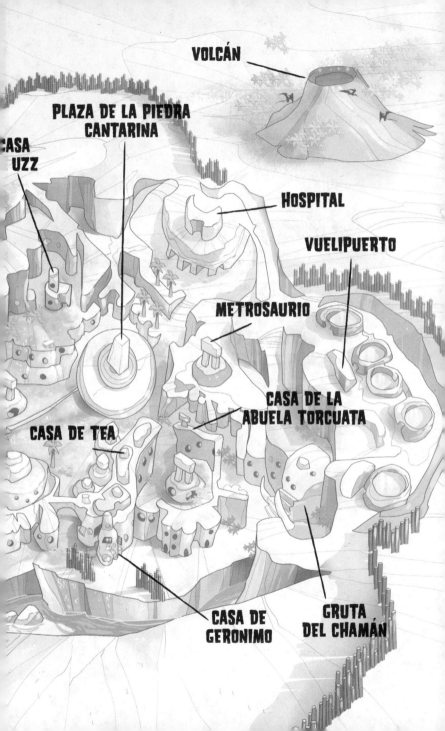

¿Te gustaría ser miembro del CLUB GERONIMO STILTON?

Sólo tienes que entrar en la página web **www.clubgeronimostilton.es** y darte de alta. De este modo, te convertirás en ratosocio/a y podré informarte de todas las novedades y de las promociones que pongamos en marcha.

¡PALABRA DE GERONIMO STILTON!

Geronimo Stilton

¡VIGILAD LAS COLAS, CAEN METEORITOS!

DESTINO

El nombre de Geronimo Stilton y todos los personajes y detalles relacionados con él son *copyright*, marca registrada y licencia exclusiva de Atlantyca S.p.A. Todos los derechos reservados. Se protegen los derechos morales del autor.

Textos de Geronimo Stilton
Inspirado en una idea original de Elisabetta Dami
Diseño original de Flavio Ferron
Cubierta de Flavio Ferron
Ilustraciones interiores de Giuseppe Facciotto (*diseño*) *y* Daniele Verzini (*color*)
Diseño gráfico de Marta Lorini

Título original: *Attenti alla coda, meteoriti in arrivo*
© de la traducción: Manel Martí, 2012

Destino Infantil & Juvenil
infoinfantilyjuvenil@planeta.es
www.planetadelibrosinfantilyjuvenil.com
www.planetadelibros.com
Editado por Editorial Planeta, S.A.

© 2011 - Edizioni Piemme S.p.A., Via Tiziano 32, 20145 Milán - Italia
www.geronimostilton.com
© 2012 de la edición en lengua española: Editorial Planeta, S.A.
Avda. Diagonal, 662-664, 08034 Barcelona
Derechos internacionales © Atlantyca S.p.A., Via Leopardi 8, 20123 Milán - Italia
foreignrights@atlantyca.it/www.atlantyca.com

Primera edición: junio de 2012
Segunda impresión: octubre de 2013
ISBN: 978-84-08-00667-1
Depósito legal: B. 15.390-2012
Impresión y encuadernación: Unigraf, S. L.

Impreso en España - Printed in Spain

El papel utilizado para la impresión de este libro es cien por cien libre de cloro y está calificado como **papel ecológico**.

Stilton es el nombre de un famoso queso inglés. Es una marca registrada de la Asociación de Fabricantes de Queso Stilton. Para más información www.stiltoncheese.com

Hace muchísimas eras geológicas, en la prehistórica Isla de los Ratones, existía un poblado llamado Petrópolis, donde vivían los prehistorratones, ¡los valerosos Roditoris Sapiens!

Todos los días se veían expuestos a mil peligros: lluvias de meteoritos, terremotos, volcanes en erupción, dinosaurios feroces y... ¡temibles tigres de dientes de sable!

Los prehistorratones lo afrontaban todo con valor y humor, ayudándose unos a otros.

Lo que vais a leer en este libro es precisamente su historia, contada por Geronimo Stiltonut, ¡un lejanísimo antepasado mío!

¡Hallé sus historias grabadas en lascas de piedra y dibujadas mediante grafitos y yo también me he decidido a contároslas! ¡Son auténticas historias de bigotes, cómicas, para troncharse de risa!

¡Palabra de Stilton,

Geronimo Stilton!

¡Atención!
¡No imitéis a los prehistorratones... ya no estamos en la Edad de Piedra!

¡LLUVIA DE METEORITOS SOBRE PETRÓPOLIS!

Estaba amaneciendo en **Petrópolis**, la gran *(si es que puede decirse así, visto que solamente somos unos poquitos)* urbe de los **PREHISTORRATONES**.

Los primeros rayos de sol se colaban por la entrada de mi caverna… ¡ya era hora de levantarse!

Me esperaba una nueva jornada de duro trabajo *(¡duro como la piedra que debo cincelar todos los días para escribir mis artículos!)*.

Pero yo, *GERONIMO STILTONUT*, me desperecé en mi cama con dosel, me volví del otro lado y volví a roncar a gusto.

zzzzz ronfff zzzzz

Estaba soñando que ganaba una batalla contra los feroces tigres de dientes de sable y que todos me aclamaban como héroe y me rendían grandes HONORES, cuando un grito, desgarrador como la zarpa de un T-Rex, me hizo picadillo el tímpano:

— ¡LLUVIA DE METEORITOS SOBRE PETRÓPOLIS!

Lo reconocí de inmediato: era el meteosaurio, el ave prehistórica que se ocupa de las previsiones meteorológicas.

Al cabo de un instante, un tremendo ruido hizo temblar las paredes de mi caverna, después llegó otro y otro más… ¡más que lluvia, aquello era un *diluvio*!

—*¡Por mil pedruscos despedregados!*—Exclamé—: Este reptil alado hace previsiones de lo más INÚTILES: ¡sólo anuncia lo que ya está sucediendo!

Me asomé a la entrada de la caverna para protestar, mientras los meteoritos llovían como piedras de granizo gigantes.

—¡Cualquiera es capaz de hacer previsiones como ésta! —refunfuñé.

Justo en ese momento, un meteorito había caído a pocos centímetros de mí, obligándome a dar un salto **ATRÁS**. ¡No me dio por un pelo de bigote!

El meteosaurio se rió con sarcasmo:

—¡Je, je, je! ¡Eso es lo que les sucede a quienes no aprecian mi trabajo! Y no solamente eso, como estás tan **antipático**, no pienso decirte que se prevén temblores de tie…

¡Aún no había tenido tiempo de terminar la palabra, cuando la tierra empezó a **TEMBLAR**!

¡HA IDO DE UN PELO DE BIGOTE!

¡El Gran Bzot!

Volví de inmediato a la caverna para salvar mis valiosos adornos, ¡por los que siento un gran aprecio!

Con la **pata** izquierda, atrapé al vuelo el preciado jarrón de arcilla que me había regalado la abuela Torcuata, con la pata derecha, el retrato de *Vandelia Magodebarrio*, conocida como Viví, las más guapa de la tribu (estoy más **colgado** de ella que un perol de un gancho, pero no lo sabe, aún no se lo he dicho… ejem, ¡es que soy muy **tímido**!), con un pie sujeté

mi reserva secreta de **conchezuelas** (¡que son la moneda que utilizamos los prehistorratones!) y con el otro pie la pecera de *Skiz*, mi pececillosaurio doméstico.

¡Parecía un malabarista!

Desde el exterior de la cueva, el meteosaurio volvió a gritar:

—… ¡Y tampoco pienso decirte que se esperan erupciones volcánicas!

¡Argh! ¡Solamente nos faltaban las **ERUP-CIONES**!

Salí otra vez: ¡un fino riachuelo de lava incandescente bajaba **CRE-PITANDO** por las calles!

Me estremecí de terror. Si metiese las patas allí dentro, ¡menuda **QUE-MADURA**!

Finalmente, el metosaurio chilló:

—Tengo una última previsión: está a punto de caer el Gran Bz...

¡OH, NO! ¡¿No estaría refiriéndose a...?!

¡BZOT!

En efecto. Tal como me temía, el Gran Bzot me dio de lleno. En ese instante, el meteosaurio se marchó la mar de contento:

—¡Te está bien empleado, cabeza de mármol!

Volví a entrar en mi caverna con los bigotes chamuscados y el **humo** saliéndome por las orejas.

Para consolarme, fui a la cocina y me preparé un buen DESAYUNO... ¡Toda aquella tensión me había despertado un tremendo apetito!

El Gran Bzot

El Gran Bzot es el nombre con que los prehistorratones designan al potente rayo que un día, al alcanzar un árbol, les permitió descubrir el fuego.

¡AAARGH! ¡EL GRAN BZOT!

¡UY, UY, QUÉ DOLOR!

Me senté a la mesa para tomar el desayuno e hincarle el diente a un buen **muslo** asado con guarnición de hierba prehistórica de los pantanos. Después iba a tomarme un vaso de AGUA, pero me acordé de que no podía porque se había estropeado la instalación hidráulica que conectaba mi caverna con la fuente más próxima. Así pues, tuve que contentarme con un delicioso batido de equiseto* y una COPA llena de zumo de helecho.* Decidí no lavarme, no sólo porque no había agua, sino porque aún no era el Día del Espulgado, es decir, el único día del mes que se dedica al aseo.

*El equiseto y el helecho son plantas que ya existían en la prehistoria.

Cepillé mi traje verde bosque, sobre el cual estaban saltando felices un grupo de PIO-JOS PREHISTÓRICOS: eran Zif y Zaf con sus 357 hijitos.

Los saludé **cordialmente** (ya he renunciado a ahuyentarlos: ¡siempre acaban volviendo!) y ellos me correspondieron, divertidos.

Antes de salir, como siempre, revisé mi TESTAMENTO, por si me extinguía ese mismo día…

La vida en la Edad de Piedra es dura, incluso durísima. ¡Dura como el **GRANITO**! En vista de que llovían meteoritos a mansalva, cogí mi **PARA-METEORITOS** de mármol macizo y me dispuse a salir, tambaleándome bajo su peso.

El para-meteoritos era la última creación de **Umpf Umpf**, el inventor de la tribu, que me había garantizado su absoluta eficacia.

Avanzaba con dificultad por las calles de Petrópolis, mientras a mi alrededor **llovían** meteoritos de todos los tamaños, ¡desde pequeños como granos de pimienta hasta grandes como huevos de **megalosauro**!

Entonces noté que las calles del poblado se estaban **vaciando**, ¡y no sólo a causa de los **meteoritos**!

En realidad, todos en Petrópolis corrían frenéticamente de aquí para allá hacia sus cavernas, sujetándose la barriga con las manos y quejándose:

—¡Uy, uy!

—**¡QUÉ DOLOR DE BARRIGA!**

—**¿Acaso ha vuelto la Gran Epidemia?**

¡Un momento! ¡¿Qué estaba pasando?!

No tuve tiempo de pedir explicaciones, pues un enorme meteorito había caído justo sobre mi para-meteoritos que, a consecuencia del impacto, me golpeó de lleno en la cabeza e **HIN-CÁNDOME** en el suelo como un clavo.

¡Tardé muchísimas horas en lograr desclavarme! ¡Aquel **PARA-METEORITOS** no servía para nada en absoluto!

¡Por mil pedruscos despedregados, qué memo había sido!

¡Umpf Umpf había logrado endosarme uno de sus inútiles inventos! ¡Y pensar que me había costado **30 conchezuelas**!

Esta vez había ido demasiado lejos: ¡quería que me devolviera el dinero inmediatamente!

¿¿Q-Q-QUÉ ME HA CAÍDO ENCIMA?!?

KRONK

¡U<small>MPF</small>... U<small>MPF</small>... U<small>MPF</small>!

En cuanto me sentí mejor, me **PRECIPITÉ** hacia la cabaña de Umpf Umpf, decidido a que me **devolviera** todas mis conchezuelas, con el para-meteoritos en la mano. Mientras iba de camino, me detuvo una roedora que repartía F O L L E T O S publicitarios de la nueva clínica de los hermanos **Garrote**.

Eché un vistazo al folleto: Los hermanos Garrote se iban a hacer de oro con aquella epidemia de

¡TENGA!

Clínica Garrote...
...¡y la vida te sonríe!

¿DOLOR DE BARRIGA? ¿DOLOR DE MUELAS? ¿DOLOR EN LOS CALLOS?

La clínica de los hermanos Garrote lo cura todo, ¡incluidos los mordiscos de dinosaurio!

¡CON LOS NUEVOS MÉTODOS DE ANESTESIA LOCAL O TOTAL NO SENTIRÁS EL MENOR DOLOR!

ANESTESIA
LOCAL: GARROTE
PEQUEÑO

ANESTESIA
TOTAL: GARROTE
EXTRA-GRANDE

APROVECHA LA OFERTA ESPECIAL:
¡PRECISAMENTE HOY, Y SÓLO PARA TI, DESCUENTOS EN EL TRATAMIENTO CONTRA EL DOLOR DE BARRIGA FULMINANTE!

Se acabaron las apestosas pociones del chamán Fanfarrio Magodebarrio...

¡ESCOGE LOS MODERNOS TRATAMIENTOS DE LOS HERMANOS GARROTE!

DOLOR DE BARRIGA... Mis pensamientos se vieron interrumpidos por unos fuertes ruidos: ¡SDENG! ¡SDENG! ¡SDENG! Había llegado a la cabaña de Umpf Umpf.

Me encaminé por el EMBARCADERO que conducía a su palafito, pero de pronto los troncos empezaron a moverse. Agité los brazos tratando de mantener el equilibrio, pero al instante me hallé con las patas en el aire, suspendido en la pasarela y acabé cayéndome aparatosamente al AGUA.

ESTE PUENTE NO ME PARECE ESTABLE...

Umpf Umpf

INVENTOR DEL POBLADO

INVENTOR GENIAL E INCOMPRENDIDO DE PETRÓPOLIS.

SU SUEÑO ES HACER LA VIDA DE LOS PRE- HISTORRATONES ME- NOS DURA, GRACIAS A SUS INVENTOS.

SU SECRETO: SIEMPRE LE APESTA TERRIBLEMENTE EL ALIENTO, PORQUE SE HIN- CHA A COMER CEBOLLAS SALVAJES... PERO ¡AY DE QUIEN SE LO HAGA NOTAR!

CEBOLLA SALVAJE

Umpf Umpf se asomó a la entrada de su cabaña y exclamó:

—¡Caramba, Geronimo! ¿Qué estás haciendo
ahí, con las patas en el agua?

Lo fulminé con la mirada, mientras me quita-
ba las algas viscosas que se me habían adheri-
do al pelaje.

—¡EN SEGUIDA TE PESCO! —añadió risueño, mientras accionaba un gancho suspendido del extremo de un brazo de madera, con
el cual me recuperó del agua FANGOSA y me
trasladó a una zona seca, en su cabaña—. Así
pues —empezó a decir, satisfecho—, ¿qué te
ha parecido mi embarcadero móvil?

—¿Embarcadero móvil? —repe-
tí estupefacto—. ¿De qué se trata, de una trampa para ahuyentar a los clientes insatisfechos?

Umpf Umpf se encogió de hombros, con actitud modesta:

—Bah, el embarcadero móvil podría servir para transportar a las personas en los **aeropuertos**, cuando llevan **MALETAS** pesadas…

—¡¿Aeropuertos?! ¡¿Maletas?!¿Y eso qué es?

Él me respondió, inspirado:

—**Nuevas ideas**… ¡si ya existieran, mi embarcadero móvil sería extremadamente *útil*! Créeme, llegará un día en que muchos lo utilizarán, por ejemplo los roedores ancianos…

Pensé, conmovido que, en el fondo, Umpf Umpf se esforzaba para **mejorar** la vida de todos nosotros.

De modo que cambié de idea y, en lugar de pedirle que me devolviera mis **conchezuelas**, me limité a decirle:

—He venido a devolverte tu para-meteoritos:

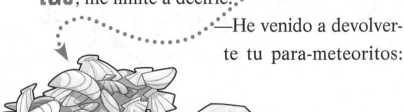

¡no funciona! Como mucho, podría protegerte de la **LLUVIA**...

Umpf Umpf se iluminó:

—Ésa sí que es una gran idea... ¡solamente debo hallar el modo de hacerlo más **ligero**! ¡Gracias, Geronimo, no sé si contratarte como **AYUDANTE**!

—Ejem... no, no, gracias... —me apresuré a negarme—. *El Eco de la Piedra* ya me tiene muy ocupado...

Umpf Umpf se detuvo pensativo y, de repente, **EXCLAMÓ**:

—A cambio del para-meteoritos puedes llevarte el invento que tú elijas... ¡Ven conmigo! —dijo, mientras me conducía a su **armario de inventos**...

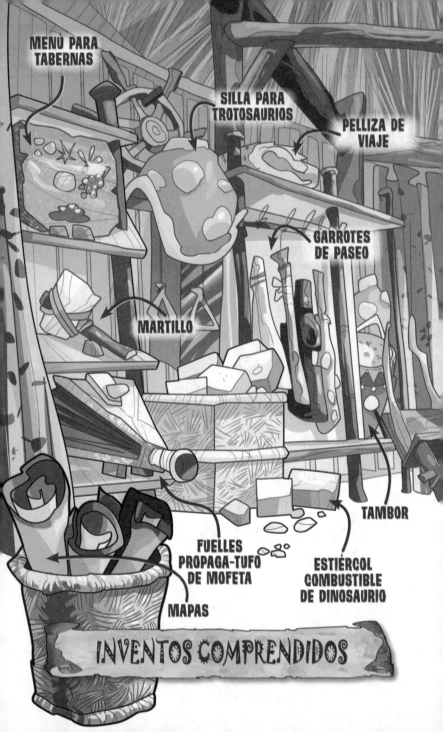

Armario de inventos de Umpf Umpf

PARARRAYOS

PERIÓDICO

TENEDOR

LIBRO

PALA

RELOJ

PARA-METEORITOS

INVENTOS INCOMPRENDIDOS

¡QUÉ IDEA TAN BUENA!

Umpf Umpf me mostró orgulloso todos sus inventos, como las pastillas de ESTIÉRCOL COMBUSTIBLE de dinosaurio, utilísimas para alimentar el fuego cuando no se tiene LEÑA.

Suspiró:

—Le vendí este invento por dos conchezuelas a un pobre roedor que no tenía con qué calentarse el INVIERNO pasado…

Y luego prosiguió, cada vez más *APASIO-NADO*:

—… éstos, en cambio, son prototipos para nuestras más importantes armas DEFENSIVAS contra los tigres de dientes de sable: los grandes **fuelles** propaga-tufo de mofeta prehistórica, los polvos pica-pica, que producen picores insoportables y la RECETA de la superfabada para alimentar a los globosaurios…

A continuación, descorrió la cortina que cubría otros estantes y dijo, en un tono repentinamente afligido:

—Éste, en cambio, es el armario de los **inventos incomprendidos**…

Umpf Umpf me explicó que esos inventos eran sus preferidos ¡y que no habían sido comprendidos simplemente porque el mundo aún no estaba preparado para **aceptarlos**!

—¡Ah, llegará un momento en que todos los roedores entenderán la utilidad de estos objetos! —declamó, inspirado.

Entonces, con gesto cómplice, me dio un extraño objeto formado por una **PIEDRA** pequeña de forma cilíndrica, engastada en el centro de una gran **PIEDRA** redonda y plana.

—¿Qué me dices, eh? —me preguntó Umpf Umpf, emocionado y ansioso.

—Hum… ¡gracioso! —comenté, procurando ser lo más educado posible—. **PERO ¿QUÉ ES?**

—Un reloj de sol, ¿no lo ves? ¡Sirve para medir el tiempo e indicar las horas!

—**¿INDICAR LAS HORAS?** —repetí confuso—. No lo entiendo…

Él negó con la cabeza, desconsolado.

—¡Lástima! —suspiró—. ¡Esperaba al menos que tú, que eres un ratón intelectual, compren-

¡SIRVE PARA INDICAR LAS HORAS!

¿QUÉ SON LAS HORAS?

dieras este práctico invento! **¡Ah, cuánta ignorancia!**

Dicho lo cual, se detuvo a reflexionar.

—Umpf… Umpf… Umpf… **¡UN MOMENTO!** —Dijo a continuación—: ¡Es *imprescindible* que te muestre otro invento!

Se zambulló en las estanterías, MASCULLANDO:

—Pero ¿dónde lo habré metido…?

—Ejem… ¿qué estás buscando? —pregunté.

—¡Ya lo verás! Pero ¿dónde…? ¡Ajá! —gritó al fin, mientras alzaba una pila de delgadas piedras **RECTANGULARES** unidas entre sí por lazos de cuero—. ¡Éste es un invento a tu medida!

—Exclamó radiante—:

¡El libro!

Y, diciéndolo, me pasó el libro, pero yo no lo sujeté bien y el bloque de pedruscos se desplomó derechito sobre mi pie.

—**¡AAAAAAY!** —grité—. ¡Qué dolorrrr!

Él me preguntó desilusionado:

—¿No quieres mi libro? ¡Qué lástima! Piensa que ahí podrías CINCELAR cualquier cosa… No sé, la lista de la compra… o bien… ¡his-TORIAS!

—¿*Historias?* —repetí intrigado—. ¿Cómo las que cuentan nuestros ANCIANOS alrededor del FUEGO? ¡Qué idea tan buena!

Cogí el libraco, me despedí de Umpf Umpf y me dirigí a *El Eco de la Piedra*. En las calles, un grupo de gritones publicitarios aleteaban, cantando a grito pelado:

—¡Parappappáááá, del dolor de barriga no te has de preocuparrr, basta con pagarrr y la Clínica Garrote te va a curarrr!

43

¡Tam ta-tam! ¡Tam ta-tam!

Por fin llegué a *El Eco de la Piedra*, pero en las mesas no hallé a nadie ocupándose de **CINCELAR**: ¡todos se habían quedado en casa por el dolor de barriga! Sólo estaba mi hermana Tea, pero ella también estaba a punto de irse a su caverna, pues sentía terribles **RETORTIJONES DE BARRIGA**.

Sin embargo, antes de salir, reparó en el objeto que llevaba conmigo y me preguntó intrigada:

–¿Y eso qué es?

Le respondí orgulloso:

—¡Es un nuevo invento de Umpf Umpf! ¡Se llama «libro» y sirve para cincelar historias en su superficie!

—¿HISTORIAS? ¿Cómo las que cuentan los ancianos? ¿Y a santo de qué tendrías que cincelarlas ahí encima?

—¡Para no olvidar las historias que más nos han hecho REÍR y Soñar, y releerlas miles y miles de veces!

Tea sonrió y me dio una palmada en el hombro con tal fuerza que hubiera podido derribar un dinosaurio.

—Una idea interesantís…

—empezó a decir. Pero de pronto se puso PÁLIDA y se fue corriendo mientras gritaba:

—¡Disculpa, disculpa!

¡CINCELARÉ HISTORIAS!

TENGO UNA NECESIDAD URGENTE, URGENTÍSIMA!

Al llegar a mi **pensatorio**, dispuesto a cincelar un artículo sobre el nuevo invento de Umpf Umpf, oí el sonido del tam-tam de emergencia.

¡TAM TA-TAM! ¡TAM TA-TAM! ¡TAM TA-TAM!
¡TAM TA-TAM! ¡TAM TA-TAM! ¡TAM TA-TAM!

¡Era un mensaje urgente de nuestro jefe del poblado, **Zampavestruz Uzz**!
Y quería decir:

«¡EMERGENCIA! ¡TODOS A FORMAR DE INMEDIATO EN LA PLAZA DE LA PIEDRA CANTARINA! ¡A QUIEN LLEGUE TARDE, LO EXTINGUIRÉ PERSONALMENTE!»

Me precipité fuera de *El Eco de la Piedra* y corrí a toda velocidad hacia la plaza…

¡YA PUEDES DARTE POR EXTINGUIDO, GERONIMO!

En la plaza todos se quejaban de dolor de barriga:

—¡Uy, uy, uy!

—¡QUÉ DOLOR DE BARRIGA!

—¡No he sido capaz de comer nada en todo el día!

—¡YO TAMPOCO!

El jefe del poblado, Zampavestruz Uzz se adelantó y levantó los brazos con gesto solemne.

—¡Ciudadanos! —declamó—: ¡Tenemos una grave emergencia: todos, lo que se dice *todos,* en Petrópolis tienen dolor de barriga!

Yo levanté un dedo:

—Ejem... la verdad es que yo me encuentro estupendamente...

Todos me rodearon con cara de asombro.

—¿A TI NO TE DUELE LA BARRIGA? ¿DE VERDAAAAAD?

El jefe del poblado, acompañado por Chataza, su esposa, se me acercó y me tocó la **BA- RRIGA** con un dedo.

—Hum, qué raro —masculló—… ¿cómo es que a ti no te pasa nada?

Yo abrí los brazos, **desolado**:

—Hum… ¡no tengo ni idea!

¿CÓMO ES QUE A TI NO TE DUELE LA BARRIGA?

Zampavestruz se dirigió de nuevo al pueblo de los **PREHISTORRATONES**, con gesto grave.

—¡Petropolinenses! ¡Un peligro desconocido nos amenaza! ¡El dolor de barriga podría conducirnos a la EXTINCIÓN! Debemos tomar medidas, pero no os preocupéis: ¡acabo de tener una idea genial!

El pueblo exclamó con entusiasmo:

—¡OOOoHHH!

El jefe concluyó:

—¡Llamaremos a nuestro chamán, Fanfarrio Magodebarrio!

El pueblo, decepcionado, comentó:

—¡OOOoHHH!

El chamán se abrió paso entre la multitud: era un roedor de pelaje gris, rostro demacrado y una larguísima barba blanca. En la mano derecha sujetaba un largo BASTÓN con tres conchas de colores atadas en un extremo.

Todos se apartaron e intercambiaron miradas **RECELOSAS**.

—¡Chamán Fanfarrio Magodebarrio! —Lo conminó Zampavestruz—: Desde tu gran sabiduría, ¿qué nos aconsejas que hagamos?

El chamán habló con voz inspirada:

—Yo, el CHAMÁN FANFARRIO MAGODEBARRIO, veo… veo… veo… ¡que si no hacemos algo, nos extinguiremos muy pronto!

Chataza Uzz pateó con fuerza el suelo en señal de impaciencia:

¡LA SITUACIÓN ES GRAVE!

—¡Eso ya lo sabemos!

Entre la multitud fue creciendo un murmullo.

—*¡SILENCIO!* —gritó Fanfarrio—, ¡o el Gran Bzot nos castigará a todos! Veo… veo… veo… a un ratón que no tiene DOLOR DE BARRIGA…

Chataza resopló:

—Eso también lo sabíamos: es él, *¡GERO-NIMO STILTONUT!*

El chamán avanzó hacia mí, observándome con los ojos entornados y me señaló con el dedo:

—¡Sí! ¡Ese ratón es *él*! ¡Es el elegido que nos salvará!

—¿Elegido? —repetí con incredulidad. Aquellas palabras no auguraban nada bueno—. Ejem… ¿qué quiere decir eso de *elegido*?

Fanfarrio alzó la voz para que todos lo oyeran bien:

—Quiere decir que ya que eres el único al que no le duele la barriga, eres el único que puede realizar una misión superpeligrosa: ¡UNA MISIÓN QUE PUEDE COSTARTE LA EXTINCIÓN! Tendrás que encontrar…

Todos contuvieron el aliento.

—… ¡la receta de la poción contra el GRAN DOLOR DE BARRIGA!

Ahora vendrás a mi caverna a fin de que pueda instruirte para la MISIÓN...

Traté de escabullirme, pero Chataza me tiró de la **Oreja**:

—¿Adónde crees que vas, tontito?

Ante la **PELIGROSIDAD** de la situación, mis amigos, amigas y parientes empezaron a despedirse y... ¡a compadecerme!

—POBRE GERONIMO...

—¡Te queríamos tanto!

—Nos caías tan bien…

Mi amigo Metomentodo también empezó a SOLLOZAR, conmovido.

En ese momento, con las patas temblando y el HUMOR sombrío, me dirigí hacia la caverna del chamán.

¡TE ECHAREMOS DE MENOS!

LA CAVERNA DEL CHAMÁN

Dándome un último empujón, Chataza Uzz me arrojó al interior de la **caverna** de Fanfarrio. Allí el aire era **HÚMEDO** y **sofocante** y olfateé un intenso olor a hierbas **medicinales**. En cuanto mis ojos se habituaron a la oscuridad, distinguí una hoguera en el centro de la caverna y un sinfín de **CESTOS** llenos de bayas, semillas y flores secas dispuestos alrededor. De las paredes colgaban unas extrañas máscaras **CEREMONIALES**.

De repente, alguien me plantó ante el morro una antorcha encendida y una mano de dedos finos me acarició la barbilla, susurrándome:

—*¡Ya estás aquí, por fin!*

—¿Quién es? ¿Un f-fantasma? —grité aterrorizado:

La voz susurró:

—¡Te imaginaba menos cobardica!

Abrí los ojos de par en par y vi ante mí el rostro más bello de toda la tribu…

Pertenecía a Vandelia, la hija del chamán, una roedora inteligente y muy, muy fascinante.

Vandelia me miró fijamente con sus espléndidos ojos grises como la piedra y **profundos** como un cielo tempestuoso.

—Geronimo, ¿te alegras de verme?

¡Yo no sabía si palidecer de emoción o RUBORIZARME de vergüenza y acabé cubierto

Vandelia Magodebarrio

OJOS: GRISES COMO LA PIEDRA.

CABELLO: LARGO Y SEDOSO.

CARÁCTER: DECIDIDO Y SEGURO, PERO DULCE A LA VEZ. SIEMPRE CONSIGUE LO QUE QUIERE.

HOBBY: EN SU TIEMPO LIBRE ES DOMADORA DE DINOSAURIOS SALVAJES.

DETESTA: LOS MALOS OLORES. ¡POR ESO LO ROCÍA TODO Y A TODOS CON EXTRACTO DE MUGUETE!

de manchas blancas y rojas, como un dinosaurio con **SARAMPIÓN**!

—C-claro q-que estoy contento de verte, Vandelia —farfullé.

A continuación, esbocé un **besapatas**, pero ella desvió su patita ágilmente y ¡me dio un enérgico apretón de manos que casi me tritura los dedos!

¡QUÉ ROEDORA!

En ese momento, el chamán entró en la caverna.

—**¡EJEM!** —tosió.

—Querida víctima… esto… quería decir… querido elegido, como **CHAMÁN** que soy, veo cosas que vosotros, los prehis-

¿TE ALEGRAS DE VERME?

¡AY!

torratones comunes ni siquiera podéis imaginar… —exclamó con tono solemne.

Luego, bajando la voz, me susurró suavemente al oído, GUIÑÁNDOME un ojo con gesto de complicidad:

—Por ejemplo, por tu expresión de papanatas, veo que te gustaría ser el

HUM.. YO, LA VERDAD...

novio de mi Viví…

Yo me ruboricé aún más y él siguió hurgando en la herida, riendo socarrón:

—Je, je, je… ¡te has puesto colorado como un **TOMATE**!

¿Ves como tenía razón? Lástima que no resultes nada adecuado para ella, que es un delicioso canapé de roedora, no una **albóndiga** de brontosaurio como tú…

Se me cayeron los bigotes. Tenía razón: ¡nunca sería capaz de conquistar a Vandelia!

—Pero… —añadió el chamán Fanfarrio por lo bajini— si llevas a término la **MISIÓN** (siempre que no te extingas en el intento), tal vez un día, quién sabe, y digo *quién sabe,* podría llegar a dar mi **CONSENTIMIENTO** al noviazgo…

Y volvió a hablar en voz alta:

—Así pues, Viví, ¿qué te parece nuestro *elegido*? ¿Conseguirá regresar vivo?

Ella me observó desde la punta de los bigotes hasta la cúspide de la cola y palpó mis bíceps con aire crítico.

—De **MÚSCULOS** anda más bien escaso —sentenció—. Pero no está mal, con ese aire de intelectual. Sólo necesita…

Se volvió y cogió un cuenco de madera que contenía un extraño **LÍQUIDO VERDUZCO**, metió un dedo dentro y me esparció un poco de potingue por el morro.

—¡Eso es! Un poco de extracto de perfume de muguete... ¡Adoro el **MUGUETE**! —Entonces olisqueó el aire y sentenció—: ¡Puaj, tu zamarra huele a *moho prehistórico*... yo diría que necesita doble ración de muguete! Y, diciéndolo, vertió todo el contenido del cuenco sobre mi cabeza.

Me quedé sin palabras: estaba pringado de la punta de las **OREJAS** a la punta de los *bigotes*, pero no osé llevarle la contraria a Vandelia y me limité a mirarla con una **SONRISA** bobalicona en la cara.

¡ASÍ ESTÁ MEJOR!

El chamán se aclaró la garganta pomposamente.

—Pues bien, tú, elegido, tendrás que ir a la **CA-VERNA DE LA MEMORIA** y buscar la receta secreta de la poción contra el **GRAN DOLOR DE BARRIGA**, que está oculta en los recovecos más recónditos (¡y peligrosos!) de la gruta…

Al oír esas palabras, Vandelia ***PROTESTÓ***:

—Pero papaíto, ¡ningún roedor ha vuelto nunca con vida de la caverna! ¿Cómo quieres que lo logre un elegido tan debilucho como éste?

—No te preocupes, Viví, querida —respondió el chamán—, ¡ya me encargaré yo de fortalecer al elegido! Le prepararé una estupenda **Poción Reconstituyente** a base de escamas de merluza prehistórica. Pero no recuerdo muy bien si también debo añadir extracto de **pipí** de mofeta, **polvos** de ortiga y pelo de tigre, o bien espinas de escaramujo, extracto de **DIENTE CARIADO** o pelo de oso de las cavernas… o más bien eran lágrimas de sapo y **HUESOS** de murciélago… Pero ¡no importa, en cuanto se la hagamos probar a la víctim…, quiero decir, al elegido, veremos qué efecto produce!

Empezó a echar manojos de **hierbas** y **polvos** apestosos en un cuenco y añadió otros ingredientes necesarios. Después, me tapó la nariz y me vertió en la garganta una ración de aquel **LÍQUIDO** tan denso y desagradable, diciéndome:

—¡Vamos, vamos, bebe, que te hará bien!

¡BEBE, QUE TE HARÁ BIEN!

¡Así me gusta!

Poco después, empecé a sentir una terrible picazón y comencé a **HINCHARME** desmesuradamente. El chamán me miró y negó con la cabeza:

—Hum, te has hinchado como una pelota. **¡QUÉ RARO!** ¡Víctim... quiero decir, elegido, necesitas una nueva **POCIÓN**!

¡CÓMO TE HAS HINCHADO!

¡BEBE ESTO!

Y dicho esto, empezó a meterme en la boca CUCHARONES de distintas pociones, comprobando de vez en cuando sus efectos.

—¿No te sientes ya un poco más robusto? Hum… no, se diría que no… ¡Ufff, la cosa no acaba de funcionar! ¡Quién sabe qué ingrediente le sobra a esta bazof… ejem… Poción milagrosa! Tal vez si le añado un poco de esto… y de esto… y de esto…

¡¡¡En resumen, que no había manera!!!

Al final, antes de que pudiera hacerme tragar cualquier otra cosa, salté hacia atrás y grité:

—**¡YA BASTA DE POCIONES!** ¡Ya estoy mejor, mucho mejor! ¡Me siento más fuerte que un oso de las cavernas!

Vandelia me dio una palmada en la espalda, tan fuerte que hubiera podido tumbar a un T-REX.

—¡Bravo, elegido, así me gusta! —exclamó—. ¡Valiente, intrépido y… perfumado!

No podía creer lo que estaba oyendo: ¡¿había dicho realmente **«me gustas»**?! Vale, lo admito, no había dicho exactamente «Geronimo, me gustas», pero a fin de cuentas, ¡se había acercado mucho!

En ese instante Fanfarrio se plantó ante mí, **APUNTÁNDOME** con un dedo:

—Eh, eh, eh, prehistorratón, ¡ahora no te hagas falsas ilusiones! ¡Mi hija tiene muchísimos

pretendientes y sólo se casará con quien yo decida! De modo que ahora piensa en traerme la **receta** de la poción contra el Gran Dolor de Barriga y después ya veremos…

Vandelia **ESTALLÓ**, indignada:

—Seré yo y sólo yo quien escoja al ratón con quien me case, ¿está claro, papaíto? —A continuación, me guiñó un ojo, se

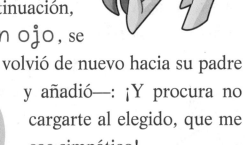

volvió de nuevo hacia su padre y añadió—: ¡Y procura no cargarte al elegido, que me cae simpático!

¡Ah, qué roedora tan temperamental y fascinante!

¡ESTABA MÁS COLGADO QUE UN MUSLO EN EL TECHO DE UNA CUEVA!

El chamán me dio un mapa dibujado sobre una hojas de banano enrolladas y me exhortó:

—¡Márchate, oh, elegido! ¡Vuelve vencedor y tráenos la receta que necesitamos!

Guardé el *MAPA* y salí de la caverna del chamán, acompañado por Vandelia. Ella estaba a punto de despedirse de mí, cuando una pataza me **sujetó** por la cola: era la pata de Uzza Uzz, la hija del jefe del poblado.

¡GERONIMUCHO!

—¡GERONIMUCHO MÍO! —gorjeó—. ¡Qué valiente eres al partir hacia una misión tan peligrosa! Recuerda que una mozuela *frágil* e *indefensa* espera que regreses pronto.

—Ejem… gracias —asentí perplejo—. ¿Y de quién se trata? —pregunté.

Uzza Uzz

—¡De mí, claro! —cacareó ella.

Sonreí, desconcertado. ¡¿Frágil?! ¡¿Indefensa?! ¡Sin duda Uzza era mucho más **FUERTE** y **MUSCULOSA** que un servidor!

Vandelia se le acercó intrigada.

—Hum, entonces ¿vosotros dos sois **novios**?

—¿¡¿N-n-n-novios?!? ¡Oh, no, no, no! —negué con la cabeza enérgicamente—. ¡Yo no tengo novia!

Hubiera querido evaporarme: **¡Qué bochorno!**

Justo en ese instante, llegó el jefe del poblado, Zampavestruz Uzz, que me levantó del suelo y me estrujó en un abrazo SO-FOCANTE.

¡AHORA ERES DE LA FAMILIA!

—¡Elegido! ¡Doy mi consentimiento a tu noviazgo con mi pequeña Uzza! —exclamó—. Y no te preocupes, vendrás a vivir a nuestra **CAVERNA** familiar. Modestamente, es la más bonita del poblado. ¡Y también te daré un **GARROTE** nuevo! ¿Contento?

Estaba a punto de decirle que no tenía la menor intención de casarme con su hija cuando me topé frente a frente con Chataza Uzz.

¡SÓLO FALTABA ELLA!

—¡Oh, Geronimo, sin duda serás un yerno estupendo! —comentó mientras me pellizcaba una mejilla—. Y en cuanto a las bomboneras, ya lo tengo todo pensado: haré esculpir **100 corazones** de granito macizo con vuestras iniciales grabadas… ¿qué te parece?

—*¡TODO EL MUNDO QUIETO!* —grité, llegados a ese punto—. ¡No va a haber *ninguna* boda! ¡No quiero casarme con Uzza!

Pero por desgracia nadie me oyó, pues a todos les volvió a entrar de repente el dolor de barriga y se desató un **SÁLVESE QUIEN PUEDA** general hacia los servicios.

¡ME HABÍA QUEDADO SOLO!

Justo entonces, me sobresaltó una voz muy familiar a mi espalda:

—¡Primito!

Me volví, sorprendido:

—**¡Trampita!** Pero ¡¿no tenías que estar de vacaciones?!

¡¿QUÉ TAL, PRIMITO?!

PATF

¡UNA AVENTURA CON PELIGRO DE EXTINCIÓN!

Mi primo Trampita me tomó del brazo y me explicó, risueño:

—¡*Estaba* de **vacaciones**, pero acabo de volver! He tenido tiempo de enterarme de tu **MISIÓN**… ¡Nadie habla de otra cosa en el **POBLADO**!

Suspiré, desolado:

—¡Ay de mí, me he dejado **ENGATUSAR**! Y ahora, justamente, debo partir y…

Trampita no me dejó continuar:

IRÉ CONTIGO, ¿CONTENTO?

—Con esta historia del dolor de barriga colectivo, seguro que la gente estará un buen tiempo sin ir a la TABERNA DEL DIENTE CARIADO. Así que ya lo he decidido: ¡iré contigo! ¿Adónde hay que ir exactamente?

Puse los ojos en blanco con RESIGNACIÓN: ¡cuando a Trampita se le mete algo en la cabeza, es imposible hacerlo cambiar de idea!

De modo que acepté su propuesta, sin tenerlo muy claro… ¡esperaba que al menos esta vez no montase uno de sus típicos BEREN-JENALES!

—Tengo que ir a una caverna misteriosa —le expliqué—. Mira, aquí está marcado el recorrido.

Desenrollé el MAPA que me había dado Fanfarrio, lo apoyé en el suelo y comencé a examinarlo con atención… Pero ¡en cuanto leí los lugares que tendría que atravesar para llegar a la misteriosa caverna, PALIDECÍ!

1 POBLADO DE PETRÓPOLIS: ¡lugar de partida!

2 VOLCÁN PREHISTÓRICO: ¡peligro achicharramiento!

3 LLANO DE LOS DINOSAURIOS SALVAJES: ¡peligro zarpazos!

4 PANTANO DE LOS MOSQUITOS: ¡peligro ataque en nube!

5 DESIERTO DE LOS ESCORPIONES GIGANTES: ¡peligro picaduras!

6   GUARIDA DE LOS MURCIÉLAGOS LICÁNTROPOS: ¡peligro ataques aéreos!

7   ARENAS MOVEDIZAS: ¡peligro hundimiento!

8   CAMPAMENTO DE LOS TIGRES: ¡peligro descuartizamiento!

9   PASO BRUMOSO: ¡peligro pérdida de orientación!

10   CAVERNA DE LA MEMORIA: ¡peligro desconocido!

¿Arenas Movedizas? ¿Escorpiones Gigantes? ¿Murciélagos Licántropos? ¿Dinosaurios Salvajes?

¡QUÉ MIEDO!

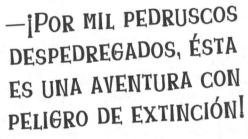

—¡POR MIL PEDRUSCOS DESPEDREGADOS, ÉSTA ES UNA AVENTURA CON PELIGRO DE EXTINCIÓN!

Trampita se encogió de hombros:

—¡Déjate de tonterías! Mira, cuando volvamos *(¡si es que volvemos!)* a **Petrópolis** con el remedio para el Gran Dolor de Barriga, ¡seremos aclamados como héroes!

Antes de partir, pasaremos un momento por mi caverna para coger el garrote y algunas provisiones: QUESO, bayas secas, chuletones ahumados y un gran **muslazo asado**.

También cogí una CALABAZA vacía que iríamos llenando de agua a lo largo del camino.

¡Eché un último vistazo a mi casa y, por fin, con un suspiro,

salí para ir al encuentro de mi cuentro de mi destino *(y, tal vez, de mi extinción…)*!

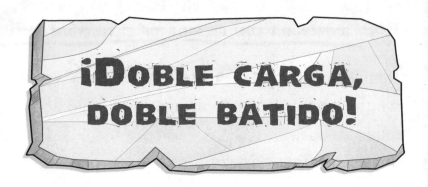

¡DOBLE CARGA, DOBLE BATIDO!

Lo primero fue ir a donde tenía aparcado mi TROTOSAURIO.

Saltamos sobre él, pero al instante nos hizo caer patas arriba de una sacudida.

—¡Ah, no, no estoy de acuerdo! —protestó—. ¡Si he de llevar doble carga, exijo doble ración de Batido de Superfruta!

En ese punto me vi obligado a ceder: ¡Por suerte, siempre llevo una buena provisión de batido!

Se lo SOPLÓ en un instante y por fin nos permitió subir a su grupa; partió al galope, impulsándose con las patas traseras. En un momento atravesamos la ciudad desierta,

franqueamos la **EMPALIZADA** de conten-
ción anti-tigres y, siguiendo el mapa del chamán, nos adentramos en el peligroso **TERRI-
TORIO DESCONOCIDO**, más allá de los límites
de Petrópolis.

Para nuestra desgracia, ¡los **PELIGROS**
señalados en el mapa eran del todo ciertos!
En efecto, primero estuvimos a punto de ser

asados por la lava del **VOLCÁN**...

Después nos encontramos una manada de **T-REX** salvajes, muy, pero que muy hambrientos, que nos siguieron babeando y trataron de **ZAMPÁRSENOS** la cola...

¡Logramos salvarnos gracias a que yo arrojé el **muslazo** de las provisiones y al momento, aquellos animalotes empezaron a arrearse entre sí para devorarlo!

Al cabo de poco, los terribles **MOSQUITOS CARNÍVOROS** empezaron a mordisquearnos las orejas, pero los pusimos en fuga haciendo girar nuestros garrotes. Después les llegó el turno a los **escorpiones**

¡GLUP!

gigantes, que trataron de picar a mi trotosaurio en las patas, pero él se puso a dar brincos.

—Eh, primo… —Trampita me tiró del brazo— … *¡¡¿cuánto falta?!?*

Comprobé el mapa.

—¡Oh, no, nooo! ¡Estábamos a punto de entrar en la zona de los **MURCIÉLAGOS LICÁNTROPOS**! ¡Apenas tuve tiempo de guardar el mapa cuando una bandada de **MURCIÉLAGOS** cayó sobre nosotros!

Nos salvamos gracias a que nos hundimos en un **PANTANO APESTOSO**, ¡y los murciélagos se desmayaron a causa del hedor!

Sin embargo, una vez fuera del pantano, nos esperaba otra desagradable sorpresa: una manada de **TIGRES** de dientes de sable muy feroces nos persiguió por un escarpadísimo camino entre acantilados. Para no ser devorados, tuvimos que ARROJARNOS al mar plagado de escollos. Por un instante, pensé que nos íbamos a ahogar, pero entonces recordé que mi fiel trotosaurio es anfibio (puede moverse tanto en tierra como en el agua) y nos depositó sanos y salvos en una playa.

Por suerte, había escogido un ejemplar multifunción: ¡un buen trotosaurio puede salvarte de una **extinción precoz**!

Embargado por el alivio que me produjo no haberme extinguido, me desmayé. Pero al poco me despertó mi trotosaurio, LAMIÉNDOME el morro. Lo abracé, pensando que era una muestra de AFECTO, pero él se apartó al instante:

—¡Sólo quería asegurarme de que no te hubieses extinguido! ¡Me debes una ración triple de fruta por el salvamento!

—¡Bienvenido de nuevo entre los vivos, primo! —me saludó Trampita—. Verás, tengo **DOS NOTICIAS**, una buena y una mala. ¿Cuál quieres saber primero?

—**LA BUENA...** —murmuré con un hilo de voz—. ¡Ya no aguanto más peligros!

—¡La buena noticia es que hemos llegado!

—**¿Y LA MALA?**

—La mala está… ¡delante de la caverna!

¡CONTRASEÑA!

Delante de la gruta dormía un enorme **OSO DE LAS CAVERNAS**. Dimos un paso atrás, pero yo pisé una ramita que crujió bajo mi pata. El oso se despertó de golpe y empezó a gruñirnos amenazadoramente y a mirarnos con sus **OJOS** feroces. El guardián, un anciano ermitaño de larguísima barba, lo regañó:

¡FUFFI, BASTA!

—**¡FUFFI, A DORMIR!**

Tras lo cual se dirigió a nosotros:

—Podéis estar tranquilos, mi Fuffi no muerde… ¡al menos hasta que yo se lo digo! Je, je, je —rió.

—B-bien —añadí sin convencimiento—. Entonces, no lo pierda de vista. ¿Sabe?... debemos entrar en la CAVERNA.

Al oír esas palabras, el anciano ERMITAÑO levantó una ceja.

—¡No podéis entrar sin darme la contraseña! —dijo inflexible.

Insistí, desesperado:

—¡Hemos afrontado mil PELIGROS para llegar hasta aquí! Se lo ruego, en el poblado de Petrópolis se ha declarado el GRAN DOLOR DE BARRIGA:

yo soy el elegido y debo buscar la receta que podría curar a todos los prehistorratones.

El ERMITAÑO negó con la cabeza, haciendo ondear su larga barba.

—¡O me dices la contraseña o hago que Fuffi os devore! Y os aseguro que tiene mucha **HAMBRE**: ¡lleva muchos días sin comer!

Mientras Fuffi BABEABA y se relamía el morro pensando en su próxima comida (¡es decir, nosotros!) Trampita me gritó:

—¡**CONCÉNTRATE**, primo, intenta que acuda a tu mente la contraseña!

Traté de concentrarme *(pero ¡os aseguro que no es nada fácil con un oso de las cavernas hambriento, babeando frente a ti!)* y volví a pensar en lo que me había dicho el **CHAMÁN**, pero no me venía nada a la cabeza. ¡Aquel fanfarrón de Fanfarrio se había olvidado de decirme la CONTRASEÑA!

Grité desesperado:

—¡Ese chamán! ¡Cuando vuelva *(¡si vuelvo!)* le diré un par de cosas!

Entonces empecé a decir palabras al azar:

—¡Petrópolis! ¡Prehistorratones! ¡POR MIL PEDRUSCOS DESPEDREGADOS! ¡Cabeza de coco!

Pero el guardián negaba con la cabeza y sentenciaba:

—¡Mal, muy mal! ¡No damos ni una! Tendré que liberar a Fuffi...

Trampita me azuzó:

—Vamos, ¡¿a qué esperas para decir la palabra secreta, A LA PRÓXIMA GLACIACIÓN?!

El guardián había soltado a Fuffi, que ya se nos acercaba, GRUÑENDO, y entonces exclamé:

—¡Fanfarrio Magodebarrio no me ha dicho absolutamente *nada*!

Al oír esa palabra, el guardián se sobresaltó.

—¿Cómo, cómo? ¿He oído bien? ¡Acaso has dicho *nada*? ¡Bravo, bravo, ésa es justamente la **CONTRASEÑA**!

Mi primo Trampita y yo intercambiamos una mirada perpleja.

—**¡A DORMIR, FUFFI!** —ordenó el guardián—. ¡Deja tranquila la cola del elegido!

Pero Fuffi hizo como que no lo había oído y me mordió la **punta de la cola**, contrariado por haberse quedado sin comida. Por fin, volvió junto al guardián sin quitarnos la vista de encima.

Encendimos una ANTORCHA y, manteniéndonos a una prudencial distancia de Fuffi *(nunca se sabe...)*, finalmente entramos en la misteriosa **Caverna de La Memoria**. Subimos una escalera, dejamos atrás la caseta donde dormía Fuffi y fuimos a parar a una gruta enorme, con altísimas columnas en las que habían reproducido maravillosos DIBUJOS que representaban las actividades típicas de los **PREHISTORRATONES**: huyendo de los T-Rex, cabalgando a lomos de mamuts, en escenas de batallas con los tigres...

¡POR MIL PEDRUSCOS DESPEDREGADOS, QUÉ LUGAR TAN INCREÍBLE!

ABAJO, SIEMPRE MÁS ABAJO...

Empezamos a explorar la caverna siguiendo el *MAPA* que me había dado Fanfarrio. Dejamos atrás la Sala de los Dibujos, donde estaban registrados los **HECHOS MÁS IMPORTANTES** de la fundación de Petrópolis:

LA PRIMERA CAÍDA DEL GRAN BZOT...

... EL NACIMIENTO DE DOS GEMELOS...

... EL DESCUBRIMIENTO DE LA PIEDRA DE FUEGO...

... EL ATAQUE DE LA HORDA DE TIGER KHAN.

Después, admiramos los retratos de la dinastía de los Uzz, que desde hace generaciones desempeñan el cargo de jefes del poblado de Petrópolis: desde Tripuz Uzz hasta Zampavestruz Uzz.

LA DINASTÍA DE LOS UZZ

TATARABUELO TRIPUZ UZZ — BISABUELO TRIPONUZ UZZ — ABUELO VESTRUZ UZZ — ZAMPAVESTRUZ UZZ

Mapa de la Caverna de la Memoria

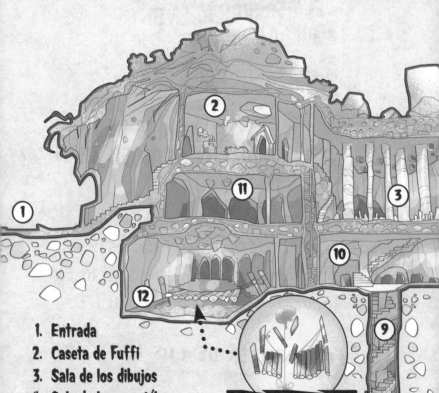

PELIGRO. PUENTE TAMBALEANTE

1. Entrada
2. Caseta de Fuffi
3. Sala de los dibujos
4. Sala de los murciélagos
5. Gruta de los secretos de los chamanes
6. Laberinto de las galerías
7. Fuente de agua termal
8. Lago subterráneo
9. Pozo secreto al centro de la Tierra
10. Cementerio de los extinguidos caídos en trampas
11. Alojamiento del guardián
12. Piscina con pirañas

Estábamos a punto de salir de la Sala de los Dibujos, cuando la tierra empezó a temblar…
Trampita gritó:

—¡HUYAMOS, RÁPIDO, QUE SE DE-
RRUMBA TODO!

¡Nos precipitamos hacia la salida, siguiendo al guardián y a Fuffi, que ya habían cruzado el umbral de la **caverna**, cuando un desprendimiento obstruyó la entrada y nos dejó encerrados en la gruta!

¡SE DERRUMBA TOD

—**¡SOCORROOOOO!** —vociferé—. ¡Pobres de nosotros, estamos atrapados aquí dentro!

Trampita esbozó una sonrisa:

—Ufff… ¡no hay para tanto, al menos no nos ha caído ninguna roca en el cráneo!

No pude evitar echarme a reír.

—Gracias, Trampita, para eso están los amigos y amigas: ¡para hacernos ver el lado **POSI- TIVO** de las situaciones!

Justo en ese instante, noté que la **llama** de las antorchas se desviaba hacia un lado por una ráfaga de viento: ¡eso significaba que había otra salida en alguna parte!

Con renovados ánimos, empezamos a buscar la **GALE- RÍA**, subiendo una escalina-

ta que conducía nada menos que... ¡a la **SALA DE LOS SECRETOS DE LOS CHAMANES**! Localicé la **receta** contra el Gran Dolor de Barriga y empecé a copiarla, cincelándola en la ⌹⌶⌹⌶⌶⌶ que siempre llevo conmigo. ¡Aquí la tenéis!

¿TE DUELE LA BARRIGA?

¿DEBES PASARTE TODO EL DÍA EN EL BAÑO?

¡EL CHAMÁN TE PREPARARÁ UNA TISANA CONTRA EL DOLOR DE BARRIGA!
¡A BASE DE MANZANILLA!

¡YA VERÁS, TE PONDRÁS BIEN!
¡Y LE DARÁS LAS GRACIAS AL CHAMÁN!

¡SOCORROOOO!

De repente, di un paso adelante y, en cuanto apoyé la pata en el suelo, noté que bajo la **PAJA** que había esparcida por él se abría un agujero ¡y caímos por una especie de **POZO**!

Pensé que nos **DESPACHURRARÍAMOS** contra el fondo, convirtiéndonos en papilla de ratón, pero ¡acabamos cayendo en un torrente de agua helada!

¡PAF!

¡Se me congelaron los bigotes del frío!

¡AHHHHHHHH!

El torrente **DISCURRÍA** impetuoso por una oscura galería que de pronto se convirtió en *CASCADA*.

Tras un gran salto en el vacío, acabamos en un límpido y tranquilo lago subterráneo.

Con un esfuerzo final, nadamos hasta una **playita** de grava y allí nos detuvimos muy agotados.

Mientras tratábamos de recuperar las fuerzas, vimos unas luces y oímos dos voces al fondo de un túnel excavado en la roca...

¡Qué raro!
¡¿Quién podía ser?!

Y, sobre todo, ¿cómo habían llegado allí?

Nos ocultamos tras una roca a fin de espiar a los recién llegados y le hice señas a Trampita para que permaneciese callado. Poco después, bajo la luz de las antorchas, distinguimos los rostros de dos ratones misteriosos: eran los hermanos Garrote, ¡los propietarios de la famosa **Clínica Garrote**!

¿¿¡QUÉ ESTABAN HACIENDO ALLÍ?!?

Los hermanos Garrote se acercaron al lago subterráneo para verter en sus aguas un repugnante **MEJUNJE**.

¡Qué raro! Olfateé el aire: ¡olía a zumo super-concentrado de ciruelas salvajes! Entonces los oímos reírse:

—¡Ja, ja, ja! Ahora todos tendrán un ataque de **DOLOR DE BARRIGA** todavía más fuerte que el primero, pensarán que el chamán Fanfarrio es un **MEMO** y se cansarán de esperar que el elegido regrese de su **MISIÓN**.

El otro soltó una risita:

—¡Je, je, je! ¡Eso en caso de que vuelva! ¡Muy pocos han regresado de la **Caverna de La Memoria**... vivos!

—Y entonces... —prosiguió su hermano— todos vendrán a curarse a nuestra clínica, ¡la Clínica Garrote!

¡QUÉ CANALLAS!

Trampita estaba a punto de saltar de su escondite para **ENFRENTARSE** a ellos, pero yo lo detuve: era mejor seguirlos y así descubrir el **CAMINO DE SALIDA**.

MUMBLE MUMBLE...

Mientras seguíamos a aquellos dos granujas por las galerías **SUBTERRÁ-NEAS** de la caverna, mi cerebro se puso en marcha.

MUMBLE MUMBLE MUMBLE...

Al poco rato me entró dolor de cabeza *(ejem, nosotros, los prehistorratones, ¡en seguida nos cansamos de pensar!)* pero ahora ya lo veía todo claro:

1 la Caverna de la Memoria estaba comunicada con Petrópolis (seguramente, los hermanos Garrote venían de allí).

2 toda el AGUA de la ciudad provenía de aquella reserva subterránea.

3 los **RESPONSABLES** del Gran Dolor de Barriga que había afectado a la ciudad eran aquellas **cabezas de coco** de los hermanos Garrote: ¡habían vertido en el agua zumo de ciruelas superconcentrado!

4 con la ayuda de Trampita, había llevado a cabo mi misión: ¡traía conmigo la receta contra el Gran Dolor de Barriga y había descubierto a los **CULPABLES** de aquella repentina epidemia!

5 de vuelta a Petrópolis sería aclamado como héroe y, quién sabe, a lo mejor un día podría convertirme en el novio de *Vandelia Magodebarrio*, ¡la roedora más **fascinante** de la ciudad!

Aún seguía soñando cuando Trampita me dio un pellizco y me sacó de mis pensamientos.

—¡**DESPIERTA, PRIMO,** no es momento de soñar!

¡Trampita tenía razón!

Al cabo de poco, los hermanos Garrote salieron de la caverna y se perdieron en la **NOCHE**.

En cuanto estuvimos seguros de que ya no podían vernos, Trampita y yo también salimos de la caverna: tal como había imaginado, ante nosotros se extendía el poblado de Petrópolis.

Respiré a pleno pulmón el aire fresco de la noche y pensé que era maravilloso ver de nuevo el cielo estrellado.

Era bonito estar de nuevo en casa...

Una vez más, Trampita me despabiló con un pellizco en la oreja:

—¡**DESPIERTA, PRIMO!**

—Ejem, perdona, ¡tienes razón, Trampita! Pero últimamente me siento tan **romántico**... ¡Nunca lo habría dicho!

Trampita empezó a torturarme inmediatamente:

—¡ESTÁS ENAMORADO! ¡ENAMORADO, COLADO, COLADITO, COLADOTE, MÁS COLADO QUE UN COLADOR!

¡Dime quién es! ¿La conozco?

Traté de negarlo, pero mis **orejas** se pusieron al rojo vivo, como lava incandescente.

—¡No, no estoy enamorado! Ejem... y si así fuera... ¡nunca te diría quién es! ¡Al cabo de dos minutos, en la **TABERNA DEL DIENTE CARIADO** todo el mundo lo sabría! ¡Sin ir más lejos, lo sabría la muy cotilla de Sally y su **RADIO CHISMOSA**! Todos sabrían que estoy colado por Vandel...

Me tapé la boca, pero era demasiado tarde.

Tal vez mi primo lo había captado...

No dijo nada, pero me miró con ojos PICA-RONES...

¡Pobre de mí! ¿Lo largaría todo?

—¡Y ahora, basta de historias! —exclamé, tratando de desviar su atención—. ¡Tenemos una misión que cumplir! Debemos AVISAR a toda la ciudad: ¡nadie debe beber agua de las fuentes y de los pozos de Petrópolis hasta que no esté depurada como es debido! ¡Rápido, despierta a los amigos, amigas, parientes y colaboradores de *El Eco de la Piedra*! ¡Que se presenten todos en la caverna, armados con CINCELES!

Cincelamos toda la noche para preparar losas que pusimos junto a las FUENTES y los POZOS de la ciudad, con este texto: «¡No beber! ¡Agua contaminada!» Después, llevé la **receta** contra el Gran Dolor de Barriga a Fanfarrio y le recomendé que la prepa-

EL ECO DE LA PIEDRA

1. Entrada

2. Secretaría

3. Área de descanso

4. Depósito de losas de piedra

5. Redacción

6. Coloreado de losas

7. Pensatorio de Geronimo

rase con agua de fuentes que estuvieran fuera de la ciudad.

Él me felicitó $solemnemente$:

—¡Lo has hecho muy bien! —reconoció.

Pero antes de que pudiera hablarle de su hija, me **ECHÓ** de allí con la excusa de que tenía que empezar a preparar la poción inmediatamente.

Y así, exhausto y rendido por aquella jornada llena de peligros, finalmente me fui a *dormir*...

¡ENAMORADO, COLADO Y PRENDADO!

Un poco más tarde, me despertó un colaborador de Radio Chismosa, que vociferaba LA NOTICIA DEL DÍA:

—*¡Geronimo está enamorado de una misteriosa roedora!*

¿GERONIMO ESTÁ ENAMORADO?

¿DE QUIÉN, DE QUIÉN?

Efectivamente, Trampita lo había LARGADO todo, tal como me imaginé: ¡siempre la misma historia!

Me consolé pensando que, por suerte, no se mencionaba el nombre de *Vandelia*. Pero no pude llegar a alegrarme de ello, ¡pues se **PRESENTÓ** en mi casa la familia Uzz al completo!

—¿Quién es esa roedora misteriosa? ¡¿Cómo has osado traicionarme?! —gritó Uzza.

—*¡EL COMPROMISO QUEDA ANULADO!* —dijo en su apoyo Zampavestruz.

Tras lo cual, salieron de mi caverna lanzándo-me miradas **FURI- BUNDAS**, mientras yo trataba de explicarme:

LA VECINA DE MI HERMANA ME HA DICHO QUE... BLA, BLA, BLA...

—Lo siento, Uzza, pero ya dije desde el primer momento que no quería casarme contigo… ¿sabes?, yo…

Justo en ese instante, oí **RETUMBAR** los tambores del poblado.

—¡Venid todos aquí, rápido! ¡El chamán os dará a todos la poción contra el **GRAN DOLOR DE BARRIGA**!

En cuanto llegué a la Plaza de la Piedra Cantarina, vi a los hermanos Garrote alineados ante los calderos de **POCIÓN**, gritando:

—¡Petropolinenses, no os fieis de Fanfarrio! ¡Su poción contra el Dolor de Barriga no funcionará! ¡Venid todos a nuestra clínica, sólo nosotros sabremos curaros! ¡Y por el módico precio de **100 conchezuelas** por cabeza!

Entonces, me abalancé sobre ellos, furibundo:

—¡Asquerosas jetas de reptil! ¡Que el Gran Bzot os **ACHICHARRE** la cola! Si todos te-

nemos dolor de barriga es por vuestra culpa:
ayer, mi primo **Trampita** y yo os vimos…
Uno de los hermanos Garrote me interrumpió:
—¿Ah, sí? ¿Y cómo pensáis demostrar que no-
sotros hemos **CONTAMINADO** todas las fuentes?
Nadie sabe que debajo de la ciudad hay una

gran reserva de agua ¡y que basta con contaminarla para **ENVENENAR** todos los pozos!

El otro hermano Garrote lo hizo callar con un golpe de bastón en el cráneo:

—**¡CÁLLATE, ESTÚPIDO, MÁS QUE ESTÚPIDO!** ¡Eres un cabeza de coco! Acabas de traicionarte al revelar los detalles…

En ese momento, todos los habitantes del poblado agarraron sus **CACHIPORRAS**, y los dos hermanos pusieron pies en polvorosa.

¡Y durante un buen tiempo no volvió a saberse nada de ellos!

Finalmente, los **petropolinenses** me llevaron a hombros gritando:

—¡Viva Geronimo! ¡Viva el elegido! ¡Viva el salvador de Petrópolis!

Uzza Uzz suspiró:

—He decidido perdonarte, **¡me casaré** igualmente contigo, mi héroe!

Llegados a ese punto, fui yo quien salió por piernas, mientras chillaba:

—Lo siento, pero ahora justamente he de marcharme… ¡tengo que atender un asunto urgente, urgentísimo!

Me encerré en mi **pensatorio** para cincelar esta increíble y prehistorratónica historia: decidí TALLARLA directamente sobre el nuevo invento de Umpf Umpf: ¡el libro de piedra!

¡UN INVENTO SUPERRATÓNICO PARA UNA AVENTURA DE BIGOTES!

¡Palabra de Geronimo Stiltonut!

 # Índice

¡Lluvia de meteoritos sobre Petrópolis!   10

¡El Gran Bzot!   15

¡Uy, uy, qué dolor!   20

¡Umpf... Umpf... Umpf!   28

¡Qué idea tan buena!   38

¡Tam ta-tam! ¡Tam ta-tam!   44

¡Ya puedes darte por extinguido, Geronimo!   50

La caverna del chamán   58

¡Así me gusta!   68

¡Una aventura con peligro de extinción!   76

¡Doble carga, doble batido!   82

¡Contraseña!   90

Abajo, siempre más abajo...   98

Mumble mumble...   110

¡Enamorado, colado y prendado!   118

Geronimo Stilton

**Marca en la casilla correspondiente los títulos
que tienes de todas las colecciones de Geronimo Stilton:**

Colección Geronimo Stilton

- ☐ 1. Mi nombre es Stilton, Geronimo Stilton
- ☐ 2. En busca de la maravilla perdida
- ☐ 3. El misterioso manuscrito de Nostrarratus
- ☐ 4. El castillo de Roca Tacaña
- ☐ 5. Un disparatado viaje a Ratikistán
- ☐ 6. La carrera más loca del mundo
- ☐ 7. La sonrisa de Mona Ratisa
- ☐ 8. El galeón de los gatos piratas
- ☐ 9. ¡Quita esas patas, Caraqueso!
- ☐ 10. El misterio del tesoro desaparecido
- ☐ 11. Cuatro ratones en la Selva Negra
- ☐ 12. El fantasma del metro
- ☐ 13. El amor es como el queso
- ☐ 14. El castillo de Zampachicha Miaumiau
- ☐ 15. ¡Agarraos los bigotes... que llega Ratigoni!
- ☐ 16. Tras la pista del yeti
- ☐ 17. El misterio de la pirámide de queso
- ☐ 18. El secreto de la familia Tenebrax
- ☐ 19. ¿Querías vacaciones, Stilton?
- ☐ 20. Un ratón educado no se tira ratopedos
- ☐ 21. ¿Quién ha raptado a Lánguida?
- ☐ 22. El extraño caso de la Rata Apestosa
- ☐ 23. ¡Tontorratón quien llegue el último!
- ☐ 24. ¡Qué vacaciones tan superratónicas!
- ☐ 25. Halloween... ¡qué miedo!
- ☐ 26. ¡Menudo canguelo en el Kilimanjaro!
- ☐ 27. Cuatro ratones en el Salvaje Oeste
- ☐ 28. Los mejores juegos para tus vacaciones
- ☐ 29. El extraño caso de la noche de Halloween
- ☐ 30. ¡Es Navidad, Stilton!
- ☐ 31. El extraño caso del Calamar Gigante
- ☐ 32. ¡Por mil quesos de bola... he ganado la lotorratón!
- ☐ 33. El misterio del ojo de esmeralda
- ☐ 34. El libro de los juegos de viaje
- ☐ 35. ¡Un superratónico día... de campeonato!
- ☐ 36. El misterioso ladrón de quesos
- ☐ 37. ¡Ya te daré yo karate!
- ☐ 38. Un granizado de moscas para el conde
- ☐ 39. El extraño caso del Volcán Apestoso
- ☐ 40. Salvemos a la ballena blanca
- ☐ 41. La momia sin nombre
- ☐ 42. La isla del tesoro fantasma
- ☐ 43. Agente secreto Cero Cero Ka
- ☐ 44. El valle de los esqueletos gigantes
- ☐ 45. El maratón más loco
- ☐ 46. La excursión a las cataratas del Niágara
- ☐ 47. El misterioso caso de los Juegos Olímpicos
- ☐ 48. El Templo del Rubí de Fuego
- ☐ 49. El extraño caso del tiramisú
- ☐ 50. El secreto del lago desaparecido
- ☐ 51. El misterio de los elfos

Libros especiales

- ☐ En el Reino de la Fantasía
- ☐ Regreso al Reino de la Fantasía
- ☐ Tercer viaje al Reino de la Fantasía
- ☐ Cuarto viaje al Reino de la Fantasía
- ☐ Quinto viaje al Reino de la Fantasía
- ☐ Sexto viaje al Reino de la Fantasía
- ☐ Séptimo viaje al Reino de la Fantasía
- ☐ Octavo viaje al Reino de la Fantasía
- ☐ Viaje en el Tiempo
- ☐ Viaje en el Tiempo 2
- ☐ Viaje en el Tiempo 3
- ☐ Viaje en el Tiempo 4
- ☐ La gran invasión de Ratonia
- ☐ El secreto del valor

Grandes historias

- ☐ La isla del tesoro
- ☐ La vuelta al mundo en 80 días
- ☐ Las aventuras de Ulises
- ☐ Mujercitas
- ☐ El libro de la selva
- ☐ Robin Hood
- ☐ La llamada de la Selva
- ☐ Las aventuras del rey Arturo
- ☐ Los tres mosqueteros
- ☐ Tom Sawyer

Tenebrosa Tenebrax

- ☐ 1. Trece fantasmas para Tenebrosa
- ☐ 2. El misterio del castillo
     de la calavera
- ☐ 3. El tesoro del pirata fantasma
- ☐ 4. ¡Salvemos al vampiro!
- ☐ 5. El rap del miedo

Superhéroes

- ☐ 1. Los defensores de Muskrat City
- ☐ 2. La invasión de los monstruos
     gigantes
- ☐ 3. El asalto de los grillotopos
- ☐ 4. Supermetomentodo contra
     los tres terribles
- ☐ 5. La trampa de los superdinosaurios
- ☐ 6. El misterio del traje amarillo
- ☐ 7. Las abominables Ratas de la Nieves
- ☐ 8. ¡Alarma, fétidos en acción!
- ☐ 9. Supermetomentodo y la piedra lunar
- ☐ 10. Algo huele a podrido en Putrefactum

Cómic Geronimo Stilton

- ☐ 1. El descubrimiento de América
- ☐ 2. La estafa del Coliseo
- ☐ 3. El secreto de la Esfinge
- ☐ 4. La era glacial
- ☐ 5. Tras los pasos de Marco Polo
- ☐ 6. ¿Quién ha robado la Mona Lisa?
- ☐ 7. Dinosaurios en acción
- ☐ 8. La extraña máquina de libros
- ☐ 9. ¡Tócala otra vez, Mozart!
- ☐ 10. Stilton en los Juegos Olímpicos
- ☐ 11. El primer samurái
- ☐ 12. El misterio de la Torre Eiffel
- ☐ 13. El tren más rápido del oeste
- ☐ 14. Un ratón en la luna

Tea Stilton

- ☐ 1. El código del dragón
- ☐ 2. La montaña parlante
- ☐ 3. La ciudad secreta
- ☐ 4. Misterio en París
- ☐ 5. El barco fantasma
- ☐ 6. Aventura en Nueva York
- ☐ 7. El tesoro de hielo
- ☐ 8. Náufragos de las estrellas
- ☐ 9. El secreto del castillo escocés
- ☐ 10. El misterio de la muñeca
      desaparecida
- ☐ 11. En busca del escarabajo azul
- ☐ 12. La esmeralda del príncipe indio
- ☐ 13. Misterio en el Orient Express
- ☐ 14. Misterio entre bambalinas
- ☐ 15. La leyenda de las flores de fuego

Los prehistorratones

- ☐ 1. ¡Quita las zarpas de la
     piedra de fuego!
- ☐ 2. ¡Vigilad las colas, caen
     meteoritos!
- ☐ 3. ¡Por mil mamuts, se me
     congela la cola!
- ☐ 4. ¡Estás de lava hasta el cuello,
     Stiltonout!
- ☐ 5. ¡Se me ha roto el trotosaurio!

Queridos amigos y amigas roedores, las aventuras de los prehistorratones continúan: ¡no os perdáis el próximo libro!